새로 시작하는 마음으로

2025년 초입, 김지연

# 새해 연습

# 새해 연습

김지연

위즈덤하우스

# 차례

새해 연습 · · 7

작가의 말 · · 98

김지연 작가 인터뷰 · · 103

양지는 18년 동안 하루도 거르지 않고 일기를 썼다. '오늘은 점심으로 들깨 칼국수를, 저녁으로 고구마와 물김치를 먹었다'처럼 한 줄만 쓰고 말 뿐인 날도 있는가 하면, 어떤 날은 잠에서 깨서 잠들기 전까지 있었던 자잘한 일들을 죽 옮겨놓기도 했다. 그런 18년 치의 기록이 이불장에 차곡차곡 쌓여 있었다. 양지가 여든둘의 나이로 세상을 떠난 후 그것들은 유일한 혈육인 홍미의 몫이 되었다. 그 외에 남겨진 것은 구질구질한 세간뿐이었므로 홍미는 아무 고민 없이 그 모든 것을 포기하려고 했다. 어차피 홍미는 양지가 누군지도 잘 몰랐다.

홍미의 부모는 일찌감치 이혼을 했고 홍미는 이쪽저쪽을 오가며 지내다가 고등학교를 졸업하던 해에 기숙사가 있는 공장에 취직을 해 혼자 살았다. 그렇게 따로 살던 중에 홍미의 부모는 제각각 죽었다. 아버지는 교통사고였고 어머니는 폐암이었다. 그 반대였을 수도 있다. 홍미는 늘 두 사람을 한데 묶어 생각했고 개개의 정보를 자주 헷갈렸다. 홍미의 부모는 재혼을 해 새 가정을 꾸려 살고 있었고 홍미는 그 모두의 장례식에 찾아가지 않았다. 아버지의 장례식에 갔었다면 아들의 죽음을 슬퍼하고 있는 양지와 만날 수도 있었을까. 어쩌면 양지 역시 누구의 장례식도 찾지 않았을지도 모른다. 이미 오래전 연락이 끊긴 아들과, 그 아들의 전처의 죽음을 애도하는 일은 자신의 방에 앉아 사적으로 처리해버렸을 수도 있다. 어쨌거나 홍미와는 상관없는 일이다. 그렇게 생각해버리고 말 수도 있었다.

양지의 죽음을 알리는 전화를 받을 때 곁에 경식이 없었다면 그 일들은 이미 모두 스쳐 지나간 일이 되어버렸을 것이다.

"할머니가 있었어?"

경식과 늦은 점심을 먹던 때였다. 거품이 부글부글 끓는 국을 숟가락으로 휘휘 젓다가 한 숟갈 뜨려고 했을 때 전화가 걸려왔다. 처음엔 잘못 걸려온 전화라고 생각했다. 홍미가 전화를 끊자 대강의 통화를 옆에서 들은 경식은 할머니가 돌아가신 거냐고 물었다. 홍미는 짧게 "네" 대답하고는 순댓국을 먹기 시작했다. 알고 싶지 않은 정보들을 집요하게 전달하며 오랫동안 이어진 수다스러운 전화라고 생각했는데 순댓국은 여전히 끓고 있었고 홍미는 혓바닥을 뎄다.

"일주일 만에 발견이 되었다고?"

전화기 너머 상대의 목소리가 컸던 것인지 경식은 세세한 내용까지 들어 알고 있었다. 그런 사람에게 거짓을 말할 필요는 없을 것이다. 홍미는 찬물을 마시며 고개를 끄덕였다.

"그것참…… 슬프겠네."

경식은 진심도 아니고 위로도 아닌 것 같은 말을 내뱉고는 큰 결심을 했다는 듯 덧붙였다.

"오늘은 일찍 퇴근해."

식사를 마치고 사무실로 돌아오는 길에 횡단보도에 서서 신호가 바뀌기를 기다리다가 경식은 문득 생각났다는 듯 말했다.

"홍미 씨 집안도 참……."

"네?"

"부모님도 일찍 돌아가셨다지 않았나? 홍미 씨도 참 힘들었겠어."

면접 때 얘기를 했었을 것이다. 작은 월셋방을 구할 보증금을 모았을 때 홍미는 공장을 그만두고 이곳으로 왔다. 잡다한 판촉물들을 납품하는 회사의 경리 자리였다. 가끔 야근수당도 없이 사무실을 지켜야 할 때가 있긴 했지만 주 5일이라는 고정적인 근무시간이 좋았다. 공장을 다녔을 때 선임들이 늘 입버릇처럼 말했었다. 홍미야, 이거 오래 할 일 못 된다. 내년에도 여기 있을 건 아니지? 그때마다 홍미는 할 수 있는 일이 많지 않아 어쩔 수 없다고 대답하는 대신 자기도 잘 안다며, 자기도 새해에는 새 일을 시작할 거라며, 그만두어도 연락은 계속 하시라며 수다를 떨었다.

"아무튼 오늘은 일찍 들어가."

홍미는 오랫동안 혼자 죽어 있었다는 양지를 떠올렸다. 경식의 입에서 '집안'이라는 단어가 나오는 것을 듣지 않았다면 홍미는 양지를 마냥 멀게만 느꼈을 것이다. 하지만 따지고 보면 그리 먼 사람이 아니었다. 홍미의 몸에는 양지의 유전자가 남아 있었다. 그런 것도 유전이 되는 것이 아닐까, 홀로 죽는 것이 우리 집안의 내력이 아닐까. 왜 그런 생각까지 들었는지는 알 수 없었다.

경식이 점심을 먹고 돌아와서도 사무실을 지키고 있는 홍미의 팔뚝을 툭툭 치면서 "퇴근하라니까" 하고 말한 다음에야 홍미는 자리에서 일어섰다. 홍미는 사무실을 빠져나오면서 자신에게 전화를 걸었던 공무원에게 다시 연락했다.

❖

양지의 장례는 무빈소 장례로 진행했다. 어차피 찾아올 사람도 없었다. 모든 절차를 끝마치고 집으로 돌아올 때는 일기장 한 상자와 함께였다. 홍미는 일기를 가져와 가장 오래된 것부터 최근 것까지 순서대로 정리를 해서 박스 안에 넣어두었다. 일기는 손때가 묻어 꼬질했고 바스러질 듯 눅눅하고 낡아 있었다. 양지도 별수 없이 볕이 잘 안 드는 데서 살았구나, 홍미는 일기를 보자마자 그런 생각부터 했다.

처음엔 그 안에 써 있는 것들을 볼 엄두가 나지 않았다. 하지만 무슨 각오를 했기에 수년 동안 매일 일기를 썼는지가 궁금해져 펼쳐보았다. 휘갈겨 썼지만 일관성이 있는 글씨체였다. 글자마다 간격이 일정하고 줄이 없는 연습장에 쓴 것임에도 글이 점점 위로 올라가거나 내려가거나 하지 않았다. 홍미는 그 빽빽한 글씨와 분량에 놀랐다. 자신은 뭔가를 쓰는 데에 전혀 흥미가 없었기 때문에 안심이 되기도 했다. 양지와 자신은 완전히 다른 사람이라는 당연한 사실을 발견했기 때문이었다. 집안 내력 같은 게 있을 리가 없고 있었다고 해도 그걸 물려받았을 리가 없으리라는 판단 때문에.

홍미가 양지의 일기를 읽기 시작한 것은 어느 금요일 밤이었다. 퇴근 후 바로 집에 돌아와 씻지도 않고 바닥에 누웠다가 형광등 갓 안에 있는 죽은 벌레들의 그림자를 보았다. 처음에는 먼지인가 했다. 하지만 곧 알아차렸다. 갓 속으로 기어들어가 타 죽은 채 말라버린 벌레의 시체라는 것을. 볼 때마다 거슬려서 하루 날을 잡아 치워버리자 했지만 어쩐지 계속 미루고 있었다. 평일에는 일을 다녀와 피곤해서 그랬고 주말에는 평일의 피로가 다 안 풀렸다. 하지만 그날은 벌떡 일어나서 갓을 벗겨 죽은 채 오래 머물고 있던 마른 벌레들을 휴지로 쓸어 담아 쓰레기통에 버렸다. 그리고 샤워를 하고 나와서 양지의 일기장을 펼쳤다.

*덥지도 않은데 선풍기를 틀었다. 선풍기를 틀어놓고 있으면 바람이 불어서 화장대 앞에 있는 휴지가 팔랑팔랑 움직인다. 아무것도 움직이지 않는 것을 보고 있으면 갑갑하다는 기분이 들어서 무언가라도 움직이는 것을 보는 것이 좋다. 시간이 흐른다는 것이 느껴진다. 그걸 보고 싶어서 덥지도 않으면서 선풍기를 틀어놓는지도 모르겠다. 아무것도 움직이지 않는 정지한 장면을 오래오래 보고 있으면*

*아무래도 모든 것이 정지해 있다는 기분이 든다. 시간은 빨리빨리 흘러서 나를 끝으로 데려다놓아야 한다.*

홍미는 더 읽지 못하고 일기장을 덮었다. 그 외로움이 옮을 것 같았다. 홍미도 가끔 바닥에 누워 있다가 비슷한 생각이 들어 움직이는 손가락을 눈앞에 가져다 댄 적이 있었다. 무언가 움직이는 것을 보고 싶어서. 홍미는 다시 일기를 펼쳐서 그 첫 번째 페이지를 북 찢었다. 그리고 또 반으로 찢고 또 반으로 찢고 더 이상 찢을 수 없을 때까지 찢어서 마른 벌레들을 버린 쓰레기통에 던져 넣었다.

다음 날 홍미는 정오가 다 되어서야 잠에서 깼다. 목이 말라 생수를 병째로 벌컥벌컥 마시고 빈 병을 쓰레기통에 버리려다가 종잇조각을 보았다. 아무리 박박 찢어도 어떤 글자는 종이 위에 그대로 남아 있었다. *바람이 빨리 움직인다*. 점심으로 라면을 끓여 먹은 다음에 봉지를 버리다가는 휴지통에서 *끝으로 데려다놓아야*를 발견하고 건져냈다. 더는 다른 글자가 떠오르지 않도록 담배를 피우러 옥상에 가는 길에 봉지를 묶어 문밖에 내다놓았다. 홍미는 5층짜리 단독 빌라의 반지하에서 살았는데 옥상은 누구나 드나들 수 있도록 문이 열려 있었다. 누군가는 작은 화분을 가져다놓고 상추 같은 것을 키우기도 했다. 홍미는 그렇게 부지런을 떨 에너지는 없었지만 가끔씩 올라가 간이 의자에 앉아 햇볕을 쬐며 그것들을 보는 것을 좋아했다. 가끔은 밤늦도록 앉아 달을 구경하기도 했다. 꼭대기 층에 사는 빌라 주인이 직접 청소를 하는지 옥상은 늘 깨끗했다. 주인은 부지런한 사람이라 빌라 앞엔 계절마다 꽃 화분이 바뀌어 있기도 했다. 봄이면 철쭉, 늦봄이면 장미, 여름이면 해바라기, 가을엔 국화 등등이 빌라 입구의 양쪽에 가지런히 놓여 있었다. 꽃을 별로 좋아하지 않는 홍미도 그 사이를 통과할 때는 계절을 느끼며 다른 번잡한 일들을 잠깐 잊었다.

차라리 태워버릴까, 하는 생각이 든 것은 옥상에 앉아 담배꽁초를 짓이기면서였다. 태우면 아무 글자도 남지 않을 테니까 그 일기를 없앨 가장 확실한 방법이었다. 홍미는 다시 집으로 내려가 일기장 한 권을 가지고 올라왔다. 잠깐 망설이다가 라이터를 당겼을 때 민석에게서 전화가 걸려왔다.

"뭐 해?"

"그냥."

"그냥 뭐 하는데."

"옥상에서 뭐 좀 태우고 있어."

아직 태우고 있지는 않았지만 이제 곧 태울 작정이었기 때문에 홍미는 그렇게 대답했다. 그리고 막 종이 한 장에 불을 붙였다.

"뭐? 그거 불법인 건 알지?"

"왜 불법인데?"

"왜겠어."

"왜?"

홍미는 민석의 답을 기다리면서 불이 붙은 종이를 바닥에 놓고 발로 밟아 불을 껐다. 홍미는 더는 나빠지고 싶지 않은 사람이었다. 당연히 불법을 저지르는 것도 안 될 일이었다.

"글쎄. 이유는 잘 기억이 안 나는데. 냄새나서 그런가. 근데 뭘 태우는데?"

"일기."

"그러게 일기를 뭐 하러 썼어."

"그러게."

홍미는 구구절절 설명하려다 관두고 그러게, 한마디만 했다. 민석과는 고등학교를 다닐 때부터 알고 지냈는데 비슷한 형편 때문에 친해졌다. 민석은 고등학교를 졸업하자마자 군대를 다녀왔고 지금은 택배 일을 하고 있었다.

"야, 쓸데없는 짓 그만하고 나와. 삼겹살이나 먹으러 가자."

"됐어, 귀찮아."

"야, 삼겹살 먹는 것도 귀찮으면 뭐 하러 사냐."

"나 고기 별로 안 좋아하잖아."

"니가 무슨 고기를 안 좋아해. 없어서 못 먹는 거지."

민석은 거절당한 것이 못마땅했는지 괜히 화를 내면서 전화를 끊어버렸다. 홍미는 그런 것을 다 이해했다. 민석은 늘 그렇게 티를 내기 때문에 안심이 되기도 했다. 괜찮은 척 포장을 하며 마음에 담아두는 것보다는 나을 것이고 다음 주말이면 지난주에 거절당한 일이 섭섭했다며 투덜대면서도 짬뽕을 먹으러 가자고, 아니면 영화를 보러 가자고 전화를 해올 것이다. 홍미는 민석에게 '피곤해서 그래, 다음 주에 가자 내가 살게' 하고 문자메시지를 보냈다. 잠시 뒤 민석에게서 '콜!'이라고 답장이 왔다.

인터넷으로 검색을 해보니 민석의 말대로 개인이 무언가를 태우는 것은 불법이라는 글이 있었다. '불법'이라는 단어 하나에 홍미는 금세 마음을 접고 일기를 그대로 들고서 집으로 내려왔다. 홍미는 법의 테두리 안에 있고 싶었다. 그것 말고는 자신을 지켜줄 의무를 가진 것이 아무것도 없었기 때문이다.

❖

홍미는 월요일 오전 9시가 되자마자 그 일기들을 보내준 사람에게 전화를 걸었다. 상대는 홍미가 이름을 말하자 누군지를 금방 기억해냈다.

"무슨 일이세요?"

"혹시 이 일기를 누가 봤나요?"

"네?"

"혹시라도 누가 봤는지."

"아, 안 봤어요."

그렇게 한가한 사람도 없고요, 같은 말이라도 덧붙이고 싶다는 투였다.

"그냥 버리셔도 돼요. 이제 전적으로

임홍미 님 소유니까요. 마음대로 하시면 돼요. 종이니까 그냥 밖에 내다놔도 다 수거해 갈 거예요."

이런 일로 전화할 필요도 없고요, 같은 말을 하고 싶은지도 몰랐다.

"아, 누가 볼까 봐……."

"보면 안 되는 내용이라도 있나요?"

"아, 이게 아무래도 일기라서…… 개인적인 거고……. 아무래도 누가 보는 건 남사스러운 일이니까요."

꽤 긴 침묵 뒤에 그가 말했다.

"정 걱정이면 파쇄하든지 불태우든지, 아무튼."

그는 모든 게 귀찮아서 빨리 전화기 밖으로 나가고 싶은 듯했다.

"저희는 그거를 안 봤어요."

❖

어떤 날의 일기는 아주 짧았다.

*달의 빛은 달의 것이 아니라고 한다.*

월요일에 홍미는 평소보다 일찍 출근했다. 세단기 앞에 서서 집에서 가져온 양지의 일기를 몇 장씩 밀어 넣었다. 기계가 돌아가는 소음을 들으며 자신에게 아직 남아 있는 친척이 또 있는 것은 아닐까 궁금해졌다. 그도 집안 내력 탓으로 홀로 살다가 홀로 죽어서 자신에게 또 이상한 걸 떠넘기면 어쩌나 생각만 해도 불쾌해졌다. 살아 있는 동안 아무런 관계를 맺지 않았는데도 누군가의 뒷일에 일말의 부채감을 가져야 하는 일을 이제는 피하고 싶었다.

"어, 홍미 씨. 일찍 출근했네."

경식은 주말에 일본을 다녀왔다며 홍미에게 선물을 건넸다. 시장조사라는 명목으로, 아이디어 상품을 수입하거나 혹은 카피할 작정으로, 무엇보다도 그저 관광 삼아 일본엘 다녀오곤 했다.

"모나카 좋아해?"

"감사합니다. 잘 먹을게요."

홍미는 자신이 모나카를 좋아하는지 안 좋아하는지 잘 몰랐다. 물론 먹어본 적은 있었지만 그런 선호를 명확하게 구분해놓는 일에 익숙하지 않았다. 언제라도 좋아하지 않는 일을 선택해야만 할 때가 많았기 때문에 그런 뚜렷한 취향은 짐스럽게만 느껴졌다.

경식은 고개를 끄덕이고 일본에서 가져왔다는 판촉물 홍보 책자를 홍미에게 건넸다. 일본어로 된 것이라 알아볼 수 없지만 제품 이미지만으로도 대강의 기능을 알 수 있었다. 홍미는 책자를 한 장씩 넘기면서 다음 달에는 일본어 학원에 등록하자고 마음먹었다. 그런 게 어려울 때도 있었다. 다음 달이라는 개념을, 내년을, 미래를 머리에 떠올리는 게 불가능할 때. 이제는 안다. 다음 달에도 홍미는 이 사무실에 앉아 있을 것이다. 그러니까 일본어 학원에 등록하는 일도 가능했다. 퇴근 후, 조금 피곤하기는 하겠지만 어차피 만나야 할 사람도 할 일도 별로 없었다. 올해를 부지런히 살아서 새해에는 다른 곳에 가 있는 것이 늘 홍미의 목표였다. 그러니까 올해는 늘 새해를 위해 연습하는 해였다.

무심코 책자를 넘기던 홍미의 손을 멈추게 한 제품이 하나 있었다. 달 모양의 미니어처였는데 손바닥에 올려놓을 수 있을 만큼 작았다. 좀 전에 달에 대한 이야기를 들었기 때문인지도 몰랐다. 동그란 구형의 제품이었고 기미 같은 크레이터의 음영도 잘 구현되어 있었다. 네모난 사진 속은 불을 끈 듯 어두웠는데 달은 마치 달처럼 빛나고 있었다. 그 빛이 인위적이지 않고 아주 자연스럽게만 보였다.

"뭘 그렇게 열심히 봐? 뭐 마음에 드는 거 있어?"

언제 나왔는지 경식이 홍미 뒤에 서서 홍미의 어깨를 짚으며 물었다.

"아, 그거 달? 그거 실물로 보니까 더 예쁘더라. 담에 하나 사다줄게."

홍미는 웃으면서 책자를 덮었다.

"하하, 아니에요."

그런 게 전부 호의라고 생각한 때도 있었다. 선의라고. 세상엔 아직 좋은 사람도 많다고. 살 만하다고. 그런 걸 믿을 만큼 아직 운이 좋은 때도 있었다.

❖

어떤 날의 일기는 제법 길다.

*낮에 공씨가 다녀갔다. 공씨는 나를 잘 모르면서도 나를 잘 아는 척한다는 점에서 내가 가장 싫어하는 사람이지만 그래도 누군가 나를 조금이라도 알고 있는 사람이 나를 찾아온다는 것을 마냥 싫어하는 것도 우스운 꼴이라서 나는 그가 나를 찾아오는 것을 내버려둔다. 그는 나를 찾아와서 손주 이야기를 하고 손주 사진을 보여준다. 아이고, 예쁘네요, 하면서도 나는 그의 손주가 예쁜 줄은 모른다. 나는 그의 손주가 어떻게 나이 들어갈지 알*

수 없다. 그런데 때로 어떤 사진에서는 그의 손주가 아주 늙었을 때 어떤 얼굴일지를 알 수 있을 것만 같다. 그의 손주는 그를 잘 모른 채로 자랄 것이고 그가 그의 손주에 대해 다른 사람과 이야기하는 것만큼 자주 다른 사람에게 그에 대해 이야기하는 일은 없을 것이다. 그의 손주의 어떤 사진은 나를 아주 불길하게 만드는데 특히 미끄럼틀 위에 서 있는 모습이 그렇다. 손주는 신이 나서 웃고 있고 나는 손주가 곧 추락할 것만 같다고 생각한다. 하지만 그가 그다음의 일이라며 보여준 동영상은 그의 손주가 무사히 미끄럼틀을 타고 내려와 엄마에게 안기며 깔깔 웃는 모습이다. 손주는 아주 까르륵거리며 웃는다. 그런 웃음소리를 듣는 것은 아주 오랜만이다. 나는 그의 손주의 사진을 보는 일이 아주 좋지는 않다. 하지만 그에게도 손주가 있고 나처럼

*늙어간다는 사실을 알게 되어 다행스럽다. 그런데 왜 선풍기를 틀어놨대요? 공씨가 따지듯이 물었을 때는 그 구구절절한 말을 다 할 수가 없었다. 늙어 그렇지 뭐. 모든 해괴한 짓이 그 말로 설명된다는 듯 말했더니 공씨도 그 말에 완전히 동의한다는 듯 고개를 끄덕여 나를 무안하게 만들었다. 나는 지나치게 무안해져서 그저 빨리 죽었으면 하는 생각만 든다. 물론 그런 생각은 금세 잊는다. 한창때의 나는 아무것도 잊지 않았다. 아무것도 잊지 않을 수 있었다. 이제는 무시로 잊는다. 가득 차올랐던 것이 훌쩍 떨어져나간다. 허구한 날 내게 놀러 오는 걸 보면 공씨도 별 볼 일 없는 것이다. 공씨는 아무렇지 않다는 듯 모나카 한 봉지를 주고 간다.*

홍미는 자신과 양지가 관계를 맺은 적이

없다는 것을 잘 알고 있었다. 그런데도 어떤 날의 일기는 자신에게 말을 거는 것처럼 느껴졌다. 모나카를 얻어먹은 날 저녁에 펼친 일기에서 모나카라는 단어를 발견한 것은 아무래도 우연이었다. 하지만 우연을 단순한 우연으로만 치부하기에는 홍미는 자주 쓸쓸했다. 그런 걸 물려받았는지도 몰랐다. 만난 적이 없는데도 어떤 건 유전자에 새겨져 있는지도 몰랐다. 그래도 양지는 숨은 손녀라도 있지 않았나. 먼저 죽었지만 아들과 며느리도 있었다. 하지만 이제 홍미에게 남은 사람은 아무도 없었다. 숨은 할머니가 죽은 것을 마지막으로. 또 누가 어디에 숨어 있을지는 알 수 없지만 지금은 아무도 없었다. 혼자 살아간다는 것, 곁에 아무도 없다는 것, 가계도에 채워 넣을 것이 자기 자신뿐이라는 것이 그동안은 아주 자연스러웠었는데 양지의 죽음을 발견한 이후로는 조금 어색해졌다. 한 번도 가진 적이 없던 것을 잃어버린 느낌이었다. 뭔가를 잃어버릴 때에야 그것을 가졌었다는 것이 더 분명해지는 것처럼.

❖

양지가 살던 곳에 한번 가보기로 작정한 것은 경식이 준 모나카 한 봉지를 다 먹은 목요일 오후였다. 주소는 알고 있었다. 몇 번 더 고민하다가 홍미는 주말에 그곳에 찾아가보기로 했다. 홍미가 살고 있는 시 외곽의 바닷가 마을로 홍미의 집에서는 한 시간쯤 걸렸다. 이렇게 가까운 곳에 살고 있었다는 데 또 놀랐다.

홍미는 민석과 함께 양지가 살던 곳에 갔다. 그 근방에 있는 맛집을 알아두었다고 우겼는데 막상 가보니 상권이라고는 거의 형성되지 않은 작은 동네였다. 별수 없이 홍미는 민석에게 사정을 모두 설명했다.

"왜 이렇게 오버해?"

민석은 홍미가 여기까지 찾아온 것이 도무지 이해가 안 된다는 투로 말했다. 산비탈에 있는 작은 주택을 찾아 올라가느라 지쳐서 홍미는 아무 대답도 하지 않았다. 바닷바람이 너무 찼고 홍미도 이쯤에서 돌아가고 싶다는 생각이 들었다. 하지만 자기보다 멀찍이 앞서서 걷고 있는 민석에게 돌아가자고 말하고 싶지 않았다.

"하긴 넌 어렸을 때부터 그랬어."

민석이 멈춰 서서 뒤를 돌아보았다. 홍미가 자신을 따라잡기를 기다리느라 아주 느린 속도로 뒷걸음질로 걸으며 말했다.

"옛날부터 넌 오버쟁이였어."

"무슨 소리야."

"고등학교 졸업할 즈음에, 너 그 유부남 따라서 서울 간다고 난리 쳤었지."

"유부남 아니었어."

"애가 있었잖아."

"이혼했다니까."

"모르지. 누가 봐도 그 새낀 사기꾼이었어."

"나한테 뜯어먹을 게 뭐가 있다고."

"너 그때 대출까지 받으려고 했었잖아."

홍미는 그때의 일이 잘 기억나지 않았다. 그 남자는 홍미가 알바를 하던 피시방에 자주 오던 손님이었다. 한 번씩 농담을 주고받으며 얼굴을 익혔고 홍미의 알바가 끝나는 시간에 같이 나와서 함께 밥을 먹으면서 친해졌다. 늘 남자가 샀다. 홍미가 느끼기로는 다정하고 친절한 사람이었다. 홍미가 하는 말에 잘 웃었고 홍미가 잘 지내는지 궁금해했다.
그게 좋았다. 고맙다고도 생각했던 것 같다.
서울에 같이 가자는 말에 왜 냉큼 그러겠다고
했는지는 까먹어버렸다. 별일도 아니었다.
대출을 받으려고 한 것은 사실이었지만
홍미가 쓰려고 한 것이지 남자에게 주려고
했던 건 아니었다.

"여기야?"

민석이 걸음을 멈추고 파란 슬레이트
지붕의 집 하나를 가리켰다. 푸른색 대문은
누가 뜯어 가고 없었다. 홍미가 먼저 뻥
뚫린 문을 통과했다. 시멘트 마당의 갈라진
틈새를 비집고 잡초가 자라고 있었고 곳곳에
잡동사니가 쌓여 있었다. 부서진 유아차, 삽,
폐목들, 헌 옷 더미, 폐지들.

"그거 알아?"

집을 한 바퀴 빙 둘러본 다음 홍미가

민석에게 물었다.

"뭘?"

"여기 내 땅이다?"

"진짜?"

"어. 여기 집 짓고 살까."

"그래도 되겠는데?"

"너도 같이 살래?"

"뭐, 내가?"

"농담이야."

"어, 알지, 농담이지."

홍미는 남자를 따라가고 싶었던 이유가 떠올랐다. 남자가 홍미와 같이 살고 싶다고 말했기 때문이었다. 겨우 그 정도 말로 마음을 정했다니 민석의 말대로 정말 매사 오버하는지도 모른다. 별거 아닌 일에도 과장된 해석을 한다. 하지만 홍미는 부모의 집을 오가는 일에 지쳐 있었다. 부모가 홍미를 좋아한다고 느꼈다면 지치지 않았겠지만 부모가 이미 먼저 지친 것이 느껴졌기 때문에 홍미로서도 지치지 않을 수가 없었다. 지친 와중에, 어디로도 갈 데가 없다고 생각했을 때, 다정하고 잘 웃는 사람이 나타나서 같이 살자고 말하니 따라가고 싶지 않을 리가 없었다. 남자에게는 아기가 있었지만 서울에 집도 있었다. 아기는 남자의 부모가 돌보고 있고 앞으로도 그럴 거라고 했다. 홍미는 남자가 정확히 몇 살인지는 몰랐다. 아마 홍미보다 열 살, 그보다 더 많을 수도 있었다. 그런 건 아무래도 좋았다. 시행착오 같은 건 다 지났을 테니까 오히려 더 안정적인 삶을 살 수 있지 않을까. 서울에 가려는 홍미를 말리는 사람은 민석밖에 없었다.

"정말 여기서 살 계획이야?"

"아니. 내 땅도 아니야."

"뭐?"

"농담이었다고."

"왜 그런 농담을 해?"

"그냥, 이왕 뭘 좀 물려줄 거였으면 땅 같은 걸 남겼어야지 싶어서."

"너 진짜 싱겁다."

"내가?"

"그래, 니가. 옛날부터 그랬어."

홍미는 민석이 말끝마다 붙이는 옛날부터 그랬다는 말에 약간 짜증이 났다. 자신에 대해서 뭘 얼마나 잘 알아서 그런 말을 거리낌 없이 할 수 있는지 따지고 싶었다. 하지만 그때 민석이 자신을 말려준 것은 두고두고 고마웠다. 다들 홍미에게 마음대로 살라고 내버려두던 때였다. 홍미의 의사를 존중해서가 아니라 홍미가 선택한 것에 대한 책임감을 나눠 갖고 싶지 않았기 때문이었다.

남자 역시 마찬가지였다. 홍미가 임신을 했다고 말하자 사라져버렸다. 그건 싱거운 농담일 뿐이었는데. 물론 모든 건 홍미 책임이었다. 당연하지, 그건 당연했다. 몇 번쯤은 실패를 경험해보는 것도 좋을 것이다. 하지만 그다음에, 홍미는 그 실패를 그냥 한번 인생 공부한 셈 칠 수 있을까? 그럴 수는 없을 것 같았다. 뭔가를 제대로 연습해볼 시간이나 기회가 홍미에게는 그다지 많지 않았다.

"뭐, 찾으려는 게 있어?"

"그런 건 아니고."

홍미는 그냥 양지가 살던 곳을 둘러보고 싶었다. 바닷가의 비탈에 위치한 집이라 바다가 내려다보였다. 경치는 나쁘지 않았지만 양지는 일기에서 이런 풍경들을 언급한 적은 없었다. 일기란 것도 결국 그날의 일 중 기억에 남을 만한 일을 쓰는 것이니

수십 년 동안 봤을 풍경을 새삼 언급할 필요는 없었을지도 모른다.

"이거 무슨 나무지?"

민석이 마당 한편에 자리한 나무 하나를 발끝으로 툭툭 차며 물었다. 나뭇잎은 진작 다 떨어지고 메마른 가지만 남았다.

"살아는 있는 걸까?"

나무껍질을 손으로 건드리니 한 꺼풀 벗겨져 바닥으로 떨어졌다.

"죽은 거 아닐까?"

민석은 떨어진 나무껍질을 주워 들어 지붕 위로 던졌다.

"아, 감나문가 보다."

홍미는 민석이 손가락으로 가리키는 지붕 위를 보았다.

"되게 잘 익었네."

민석보다 키가 작아서인지 홍미는 민석이

보고 있는 걸 볼 수 없었다. 폴짝 한 번 점프를 한 다음에야 보였다.

"저 빛깔 좀 봐."

푸른 슬레이트 지붕 위에 떨어진 지 오래지 않아 보이는 주홍색 감이 하나 터져 있었다.

"엄청 맛있었을 것 같아."

지금과는 다른 어떤 경우의수를 따라가면 홍미는 그 감을 맛볼 수도 있었다. 익을 대로 익은 다음에 떨어져 지붕에 부딪혀 곤죽이 되기 전에 홍미가 먼저 그 감을 따서 소쿠리에 담아두었다가 잘 씻어서 간식으로 먹을 수도 있었다. 아니면 냉동실에 넣어 꽝꽝 얼려두었다가 다음 해 여름에 꺼내 먹을 수도 있었다. 그 감을 먹지 않은 쪽과 먹은 쪽, 어느 쪽이 더 즐거운지를 홍미는 알 수 없었다. 둘 중 하나를 따라가면 다른 쪽은 영영 겪을 수가 없으니까. 그럴 때 홍미는 가지 않은 길을 그리워하는 사람은 아니었다. 아무래도 이쪽이 더 나을 거라고, 자기 손안의 것이 최선의 것이라고 자위하는 사람이었다.

"근데 왜 하나밖에 없지. 누가 다 따 갔나."

"가자."

"방 안은 안 보고?"

"뭐 있겠어?"

뭘 보러 왔는지는 홍미도 몰랐다. 그래도 한번 찾아와보지 않으면 안 된다는 생각이 들었었다. 뭔가가 더 있을지도 모른다고 막연히 기대했던 것도 사실이었다. 막상 와보니 이런 땅이라도 물려받았으면 하는 생각뿐이었다.

"그래도 여기까지 왔는데."

"삼겹살이나 먹으러 가자."

홍미가 망설이지 않고 빈 대문을

통과하자 민석도 별말 없이 뒤를 따랐다.
산비탈을 터덜터덜 내려갈 때 “저기요!” 하고
누가 두 사람을 불러 세웠다. 홍미는 뒤를
돌아보고 싶지 않았다. 누군지도 모르고 뭐
때문인지도 모르면서 그냥 모른 척 왔던 길을
빨리 내려가고 싶었다. 혼자 왔다면 분명
그렇게 했을 것이다.

“홍미야, 잠깐 서봐. 누가 부르는데?”

민석이 불러 세우는 바람에 홍미도 별수
없이 뒤를 돌아보았다. 그리고 자신들을
부르는 사람을 보았다. 양지의 이웃에 사는
듯한 여자였다. 양지만큼 늙은 여자였지만
양지처럼 홀로 죽을 것 같지는 않은 여자였다.
어떻게 잠깐만 보고 그런 걸 짐작할 수
있을까. 홍미는 그쯤이야 사람의 낯빛이라는
것, 행색이라는 것으로 어렵지 않게 짐작할 수
있다고 믿었다. 자신을 부른 사람이 혼자도

아니고 외롭지도 않다는 것을 홍미는 단박에 알 수 있었다.

홍미와 민석은 여자를 따라 그녀의 집으로 들어갔다. 양지 할머니 손자들 아니냐는 물음에 그렇다고 하니 잠깐 들어와 차나 마시고 가라고 했다. 여자는 자신이 할 말만 마치고는 집 안으로 쏙 들어가버렸다. 거절할 틈도 없었다.

"들어갈 거야?"

대문 앞에 서서 홍미가 작은 목소리로 묻자 민석은 고개를 끄덕였다.

"추운데, 잠깐 몸 좀 녹이고 가자."

"누군지도 모르는데."

"뭐 어때. 할머니 친구였나 보지."

어쩌면 공씨를 아는 사람일지도 모른다고 홍미는 생각했다.

둘이 주춤거리며 여자의 집으로 들어가자

그녀는 방 하나를 가리키며 그곳에 들어가 있으라고 했다. 침실인 듯해 홍미도 민석도 선뜻 들어가지 못하고 망설였다.

"괜찮아요. 지금 난방을 튼 데가 거기밖에 없어서 그래요."

홍미와 민석은 방으로 들어가 펼쳐놓은 요 옆 방바닥에 앉았다. 열선이 지나가는지 방바닥은 따뜻했다. 잠시 뒤 여자가 작고 동그란 찻상을 들고 들어왔다.

"대추차밖에 없는데 좋아할지 모르겠네."

"다 잘 먹습니다."

민석이 찻상을 받으며 씩씩하게 말했다. 세 사람은 찻상에 마주 앉아 잠깐 아무 말 없이 차를 마셨다. 민석은 대추차가 참 맛이 좋다며 사회생활을 하며 배운 것 같은 인사말들을 과장된 목소리로 잔뜩 늘어놓았다. 홍미도 그런 말들을 잘할 수 있었다. 하지만 지금은 그럴 기분이 아니었다.

"공씨가 누군지 아세요?"

홍미는 대뜸 그렇게 물었다. 여자는 홍미를 바라보며, 공씨, 하고 중얼거렸다. 기억을 더듬는 것 같았다. 하지만 한참 만에 여자의 입에서 나온 말은 홍미의 기대와 달랐다.

"공씨, 그게 누구죠?"

여자는 양지와는 전혀 친하지 않았다고 했다. 여자는 이곳에서 오래 산 사람이 아니었다. 시내의 아파트에서 살다가 공기 좋고 경치 좋은 곳에 살고 싶어 이 집을 얻었다고 했다. 그나마도 너무 춥거나 더운 계절에는 원래 살던 아파트에서 지냈다. 일종의 별장으로 이용했던 셈이다. 홍미는 이런 기울어가는 집을 뭐 하러 별장으로 썼을까 싶었다가도 경치만 두고 보자면 그럴 수도 있었겠다 싶었다. 여자가 사는 집은 양지의 집과는 달리 내부를 깨끗하게 단장해서 지내기에는 불편함이 없어 보였다.

여자는 지난봄에 아파트를 리모델링하느라 내내 이곳에 머물렀다. 혼자 지내자니 심심하기도 해서 양지와 인사라도 나누며 지내고 싶었는데 양지는 외출하는 일이 거의 없었고 이런저런 핑계를 대고 찾아가도 다음에 오라며 돌려보냈다고 했다. 온종일 거의 꼼짝 않고 집에만 있는 것처럼 보였고 찾아오는 사람도 없었다.

"찾아오는 사람이 없었다고요?"

"제가 알기로는 그랬어요. 여기가 외길이고 사람이 거의 안 다니는 길이라 조용하고 그래서 한두 사람만 떠들어도 금방 소리가 나요. 지나가는 발걸음 소리도 아주 잘 들린단 말이죠. 그런데 제가 있는 봄 동안은 옆집을 찾는 사람이 거의 없었어요. 한 번씩 병원에 가는 것 같기는 했는데 찾아오는 사람은 없었어. 도시락 들고 오는 사람이 다였지. 자원봉사자인 것 같았어요."

"자원봉사자는 남자였나요?"

"여자였어요. 40대 중반쯤 됐을라나. 처음엔 딸인가 했는데 동네 사람들 말로는 아들이 하나 있었는데 죽었다고 하더라고. 하나 있던 손녀도 그 뒤로는 본 적이 없다고."

"사람들이 손녀가 있다고 얘길 했어요?"

"그러니까 내가 아가씨가 왔을 때 손녀구나, 생각하지 않았겠어요?"

홍미는 양지가 자신의 존재를 알고 있었을 거라 생각하니 기분이 묘했다.

"찾아온 거 보고 제가 마음이 안 좋았어요. 거의 보름 만에 발견됐으니까요. 그래도 이웃이었는데, 내 잘못인 것만 같아서."

"보름이요?"

"아, 몰랐어요? 현관문에 목을 맨 걸 복지사가 보름 만에 발견했어요."

"목을 맸다고요?"

"그것도 몰랐어요?"

홍미는 여자가 자신에게 도대체 아는 게 뭐예요? 하고 묻는 것만 같았다. 아는 게 있을 리가 없잖아요, 있는지도 몰랐던 사람인데요. 만약 진짜로 물어본다면 그렇게 대답해줄 것이다. 하지만 여자는 그런 질문까지 하지는 않았다.

대추차를 다 비우고 그 집을 나오면서 홍미는 여자가 자신을 붙잡은 것이 호의나 연민, 그런 것 때문이 아니었을 것이라고 생각했다. 홍미가 양지의 죽음에 대해 자세히 모르고 있을 거라는 걸 짐작했을지도 모르고 그것들을 알려주고 싶어 안달이

나 있었을지도 모른다. 아니다. 그냥 정말 따뜻한 대추차 한잔을 대접하려고 그랬는지도 모른다. 여자의 속마음이 어떻든 홍미는 역시 들어가지 말았어야 했다고 후회했다. 괜히 알 필요가 없는 것까지 알게 되었다. 괜히 더 쓸쓸해지고 말았다. 민석도 같은 생각이었는지 삼겹살 집까지 향하는 내내 별말이 없었다.

"나랑 결혼할래?"

"뭐?"

난데없는 민석의 질문에 홍미는 삼겹살을 뒤집던 집게를 떨어뜨릴 뻔했다.

"나는 보름 만에 발견되고 싶지 않아."

"너 아직 젊잖아. 죽으려면 멀었어."

"아니. 난 금방이라도 죽을 수 있어. 진짜 가끔은 심장이 다음 순간에는 안 뛸 것처럼 느껴질 때가 있다고."

"넌 택배 기사잖아. 사람들이 택배 찾느라 너 죽어도 혼자 죽어 있는 거 가만 안 냅둘 거야."

"그거 농담이야?"

홍미는 당연히 농담이지, 하고 말하지는 않았다. 익은 고기를 가위로 자르려는데 민석이 가위와 집게를 가져가서 자신이 자르기 시작했다.

"너는 가끔 도가 지나친 농담을 하더라."

"너는 안 하는 것처럼 말한다? 그리고 넌 가끔 한 번도 상처 안 받아본 사람처럼 굴더라. 이 정도 가지고 뭘 그래. 익숙해져 좀."

"아니, 나는 안 익숙해질 거야."

둘은 한참 말없이 고기를 먹었다. 굽고 뒤집고 자르고 마저 굽고. 환기통을 갖다 대고 숯에서 나오는 연기를 빨아들였다. 삼겹살을

다 먹고 나서 껍데기를 시켰다. 홍미는 난생처음 껍데기를 구워보았다. 익어가던 껍데기를 뒤집으려고 홍미가 집게를 갖다 댔을 때 펵 하고 터졌고 민석은 그 모습을 보고 웃음을 터뜨렸다. 껍데기는 터져버릴 수도 있구나. 홍미는 잠깐 같이 웃다가 다시 아무렇지 않은 척 껍데기를 구우며 말했다.

"소개팅해줄게."

"너 친구 없잖아."

"친구 말고 그냥 회사 사람."

"너 회사 사람들이랑도 안 친하잖아."

"그래도, 뭐."

"웬일이야."

"너 혼자 죽으면 또 내가 뒤처리해야 될지도 모르잖아."

"농담이지 그것도?"

"너야말로 친구 좀 만나. 농담인지 아닌지

꼭 말해줘야 아니?"

"재미없으니까. 그런 거."

둘은 돼지갈비를 2인분 더 시키고 처음처럼을 마시면서 가게 문이 닫을 때까지 있었다. 겨우 밤 10시가 됐을 때 주인이 와서 30분 뒤에 마감이라고 알려주었다.

집으로 가는 버스 안에서 민석과 홍미는 빈자리를 찾아 따로따로 앉았다. 어둠이 깔린 도로를 달리며 버스가 덜컹거릴 때마다 홍미는 민석이 앞 좌석의 손잡이를 꼭 붙잡는 것을 보았다.

버스에서 내린 다음에 민석이 한 잔만 더 하고 갈래? 하고 물었지만 홍미는 피곤하다고 거절했다. 이번에는 민석도 이해한 듯 고개를 끄덕이고 순순히 작별 인사를 했다. 혼자 집으로 걸어가면서 홍미는 이해받는다고 마냥 마음이 좋은 것만은 아니라는 생각을 했다. 그래서 전화를 걸어 돌아간 민석을 다시 불렀다. 민석은 이번엔 자기가 피곤하다며 그냥 집에 가서 쉬겠다고 말했다. 홍미는 그걸로 약간 안심이 되었다. 민석에게도 거절할 기회를 한 번 준 셈이니까 그걸로 공평해지지 않았을까. 홍미는 민석이 좋았다. 투명하게 뒤끝이 없어서 좋았다. 홍미가 난생처음인 것들을 어설프게 해볼 때 끝까지 지켜봐주는 것도 좋았다. 실패로 끝날 때에도 그걸로 함께 웃어버리는 사람이어서 좋았다. 홍미가 무언가를 연습해볼 때 그걸 지켜봐줄 사람은 아무래도 민석뿐이었다. 그런 게 아마 친구의 정의일 거라고 홍미는 종종 생각했다.

홍미는 그날 양지가 나오는 꿈을 꿨다. 양지는 텃밭에 쪼그려 앉아 무언가를 심고 있었는데 홍미는 그 뒤통수를 가만히 지켜보기만 했다. 그리고 한참 만에 양지가 일어나서 허리를 폈을 때는 얼른 다가가 물을 한 컵 주었다. 양지는 고맙다고 말하고 물을 벌컥벌컥 들이켜고서 다시 쪼그려 앉았다. 홍미는 또 그 뒤통수를 지켜보았다. 잠에서 깬 것은 물러터진 홍시가 비가 되어 떨어진 탓에 홍시 비를 맞으며 뛰어다니느라 숨을 헐떡였기 때문이었다.

깬 다음에 홍미는 한참을 그 꿈에 대해서 생각했다. 고맙다, 고 말한 목소리가 누구의 목소리를 닮았는지도 따져보았다. 양지의 목소리를 들어본 일은 없었으므로 그것이 실제 양지의 것과 닮았는지는 알 수 없었다. 그리고 얼굴을 달짝지근하게 적시던 홍시 비도 떠올렸다. 그건 진짜 달았는데. 꿈이었지만 정말 달았다고 홍미는 생각하며 입술을 한번 핥았다. 짭짤한 맛이 느껴져 홍미는 얼른 일어나 양치질을 했다.

❖

어떤 날에 양지는 악감정 같은 건 다 잊은 것 같다.

*날씨가 좋으나 갈 곳이 없어 집에 있었으나 공씨에게는 무릎이 통 좋지를 않아 어디든 나가기가 자유롭지 않다고 말해두었다. 돌아서고 보니 어딘가 갈 곳이 있는 사람처럼 군 것이 못내 멋쩍었으나 이런 것은 금세 까먹고 말 일이다. 기억력이 나빠진 탓도 있겠지만 점점 부끄러움 같은 건 모르는 사람이 된다. 아닌가. 기억력이 나빠진 탓으로 부끄러움을 모르는 사람이 되는지도 모를 일이다. 부끄러울 일을 하나 저지르고도*

이런 건 금방 까먹으면 될 일이라 스스로를
다독이고서 다음번에 더 흉악한 부끄러움을
저지르는 것이다. 아니면 이런 것인가. 살날이
많이 남지 않았다. 이 부끄러움도 오래가지는
않을 것이다. 그럼에도 늘 다음에 할 말을 미리
연습해둔다. 가끔은 죽음도 미리 연습해두고
싶은 마음이 든다. 달력을 보니 오늘 보름이다.
절에 간 지도 오래되었다. 집에서는 달을 볼
수가 없다. 다음 보름까지는 한 달이 남았다.
달을 보고 있으면, 자기 것이 아니었던 빛을
자기 것으로 만들어서 은은히 빛나고 있는
것을 보면, 알 수 없이 흥그러운 마음이 된다.
공씨에게도 때로는 그런 낯빛이 있다. 어디서
웃음소리 같은 걸 주워듣고 와서는 내 앞에서도
그 웃음을 옮겨 웃는다. 그럴 때는 나도 공씨를
따라 웃는다. 그걸 따라 하는 것은 공짜다.

그날엔 홍미도 필사적으로 웃고 있었다. 일이 늦게 끝나 퇴근이 늦어지자 경식은 홍미에게 집까지 태워주겠다고 했다. 염치나 어색함 같은 건 알 바 아닐 정도로 홍미는 너무 지쳤기 때문에 덥석 감사하다고 말했다. 그리고 잠깐이지만 정말 감사했다.

집까지는 승용차로 30분 남짓이었고 그동안 경식은 옆 좌석에 앉은 홍미를 힐끔거리면서 자신의 연애사를 들려주었다.

"이런 얘길 해도 되려나."

홍미는 그 이야기를 제지하지 않고 들었다. 경식은 신이 나서 그 여자와 언제 만났고 어떤 감정이 휘몰아쳤으며 어떻게 처음 안았고 어디서 키스를 했는지를 이야기했다. 얼마나 사랑했는지 그 사랑이 얼마나 진실된 것이었는지를 말하고 싶어 안달 난 것 같았다.

"홍미 씨도 어른이니까, 이런 얘길 해도 되겠지."

홍미는 웃으면서 들었다. 자신이 왜 웃고 있는지도 모른 채로 그저 너무 지쳐서 빨리 집에 도착했으면 좋겠다고 생각하면서 홍미는 사무실에 찾아온 적 있던 경식의 아내를 떠올렸다. 홍미가 사장실로 커피를 가져갔을 때 웃으면서 고마워요, 하고 말하는 모습에 홍미도 모르게 마음이 좋아져서 함박 웃었던 기억이 났다. 지금 경식이 이야기하는 여자는 그때 왔던 아내는 아닌 것 같았다. 그렇다고 결혼 전의 일도 아니었다. 그렇다면 경식은 자신의 불륜을 자랑하고 있는 것이었다.

"이렇게 내 비밀을 들었으니 이제 홍미 씨 비밀도 하나 들려줘야 공평하지."

그 말에도 홍미는 "네?" 반문하며 멋쩍게 웃었다. 경식이 빨리 비밀을 털어놓으라고

재촉해서 홍미는 “저는 비밀 같은 거 없는 사람인데요” 하고 말했다. 그 말밖에는 생각이 안 나서 또 웃었다. 홍미의 집 근처 사거리에 도착해 차가 멈췄을 때 홍미가 감사합니다, 인사를 하고 내리려는데 경식이 홍미를 돌아보며 어깨를 잡더니 말했다.

“그럼 같이 하나 만들까?”

홍미는 어안이 벙벙했다. 가끔 어떤 말들은 무슨 뜻인지를 바로 알아채고 싶지가 않다.

“내일 뵐게요.”

홍미는 경식의 말을 못 들은 척 차에서 내렸다. 서둘러 집을 향해 걸어가면서 홍미는 자기 자신에 대해 생각하고 싶었지만 그보다는 자신을 둘러싼 환경에 대해 생각할 때가 더 많았고 그날도 그랬다. 자신이 무엇을 좋아하는지를 알기 전에 자신을 둘러싼 환경 속에서 무엇을 선택할 수밖에 없는지를 알아내는 데 통달했다. 그러므로 그것은 선택이 아니었지만 홍미는 자신이 최선의 것을 고를 안목이 있다고 착각했다. 홍미는 다음 날도 평소와 같이 출근하고 아무 일도 없었다는 듯 행동할 것이다. 아직은 남아 있어야 했다. 이직을 결심하고 여기저기 이력서를 보냈을 때 홍미는 자신이 갈 수 있는 곳이 그리 많지 않다는 것을 아주 잘 알았다. 그런 걸 모른 척하고 살아가는 일이 불가능하다. 때문에 다른 것들을 모른 척했다. 다른 사람이 선을 넘는 것을, 다른 사람의 부정을, 다른 사람이 저지르는 불법을 눈감아버렸다. 하루하루 사는 게 급급하니 어쩔 수가 없다고 생각했다. 살아남기 위한 방법이라고 생각했다. 그러다가 또 어느 날에는 문득 살아남는 게 무슨 소용이 있지

다 쓸데없는 짓과 같이 여겨진다. 그렇다고는 해도 또 언제 살아남고 싶어질지 알 수 없으므로 지켜왔던 것을 모두 포기할 수는 없다. 준법 시민이 되겠다는 맹세. 그런 한에서 국가가 자신을 보호해줄 거라는 믿음. 그런 하잘것없는 것들 안에서 홍미는 안심할 수 있었다. 반복되는 일상 속에서 무사하다고 느꼈다.

그렇기 때문에 자잘한 변화에도 예민하게 반응했다. 그날 밤 늦은 귀갓길에 집으로 돌아와 침대에 누우면서 뭔가 허전한 걸 느꼈다. 다음 날 출근할 때서야 비로소 알게 됐는데 빌라 앞 계단 양쪽에 나란히 서 있던 화분이었다. 계절마다 새로 바뀌던 화분이 사라지고 없었다. 겨울이라 무언가 키우는 게 어려워서일까. 하지만 지난해에는 동백나무가 있었다. 어쩌면 대수롭지 않은 일이었다.

화분이 사라지는 일 같은 건. 하지만 홍미는 그 생각을 떨쳐버릴 수가 없었다.

❖

이제 홍미는 양지의 일기 중 절반 정도를 세단했다. 사무실에 있는 세단기의 성능도 썩 좋은 것은 아니어서 한 번에 열 장 이상은 넣을 수가 없었고 직원들이 출근하기 전에 조금씩 하다 보니 진도가 빨리 나가지는 않았다. 홍미는 매일 30분씩 일찍 출근해서 한 묶음의 일기를 가져와 세단기 속으로 밀어 넣었다. 혹시라도 누가 보고 그게 뭐야?라고 물어볼 상황은 피하고 싶었다. 그에 대한 답이라고 할 수 있는 사연들을 홍미는 모른 척하고 싶었으니까. 무엇보다도 지금껏 그랬던 것처럼 자신에게서 양지를 없는 사람셈 치고 싶었다.

"이거 뭐지?"

청소를 하는 날이었다. 세단함 속의 종이들을 꺼내다가 누가 중얼거리는 것을 듣고 홍미는 그쪽을 돌아보았다. 백색의 사무용지들 틈에서 양지의 일기는 아주 누런색이었다. 그렇게까지 누런 줄은 몰랐는데 아주 흰 것들 사이에 있으니 도드라져 보였다.

"아, 그거 제가 파쇄한 거예요."

영업을 하는 박은 홍미가 하는 말을 듣더니 딱히 답을 알려달라고 말한 것은 아니었다는 듯 별다른 대꾸 없이 커다란 봉지에 그것들을 다 욱여넣었다.

"그거 월요일에 내놔야 되는데. 안 그럼 관리실에서 뭐라고 해요."

그 말에도 박은 이렇다 저렇다 대답 없이

사무실 입구 옆에 봉지를 내려놓았다.

일기장을 거의 다 갈고 겨우 한 권의 분량이 남았을 때 홍미는 그 모든 것들을 야금야금 갈아버리지 말았어야 했나, 살짝 후회했다. 하지만 그걸 남겨두어서 어쩌잔 말인가. 그건 결국엔 짐이 될 것이다.

퇴근한 후 집으로 돌아왔을 때 건물 앞에서 한 남자가 담배를 피우고 있었다. 건물로 들어가려는 홍미와 눈이 마주치자 그가 불렀다.

“여기 사세요?”

“네? 네.”

“여기 가압류 걸렸대요. 이사 나가실 때 보증금 받으려면 고생 좀 할 거예요.”

홍미는 퍼뜩 사라진 화분이 떠올랐다. 대뜸 꽃을 포기한 것은 역시 경제적 불운 때문이었을까. 홍미는 겁이 났다. 홍미에게는 어떤 불운이 닥쳤을 때 우선순위로 포기할 꽃 같은 건 있지도 않았기 때문이었다. 단번에 모든 걸 포기하게 될지도 몰랐다. 홍미는 방으로 뛰어들어와 컴퓨터를 켜고 검색을 하기 시작했다. 홍미는 법의 보호를 받고 싶었다. 홍미는 잘못한 게 아무것도 없었다. 홍미는 크게 심호흡을 했다.

❖

*병원에 갔다 돌아오는 길에 교통사고를 목격했다. 정확히는 교통사고가 일어나는 소리를 들었다. 사거리의 횡단보도를 건너 모퉁이를 돌아 골목으로 들어가려는 참이었는데 지나온 횡단보도에서 충돌하는 소리가 들렸다. 그것은 내가 텔레비전에서 수년간 보며 그럴 것이라 생각했던 것보다*

훨씬 더 부드러운 소리였다. 아무것도 들어 있지 않은 빈 종이 상자를 발로 세게 콱 밟으면 날 것 같은 소리였다. 생각해보니 교통사고가 나는 것을 본 일은 한 번도 없었다. 사람들이 모여드는 것 같기에 나도 왔던 길을 돌아서 사고 현장으로 가보았다. 퇴근 시간이면 늘 복잡했던 곳이기 때문인지 이미 나와서 교통정리를 하던 경찰들이 달려와 넘어져 있는 사람에게 다가갔다. 버스와 오토바이가 부딪혔다. 버스 뒤로 밀린 차들이 빵빵거렸다. 오토바이의 주인은 피자 가게 배달부였다. 경찰이 오토바이를 도로 가장자리로 치우는 동안에 그는 아스팔트 위에 가만히 누워 있었다. 차가울 텐데. 분명 차가울 것이다. 소년의 등으로 느껴질 냉기가 내 옷 속으로도 파고드는 듯해서 몸을 한번 부르르 떨었다. 경찰이 그의 상태를 살피기 위해서인지

조심스럽게 헬멧을 벗겼다. 앳된 얼굴에서 하얀 입김이 마구 쏟아져 나왔다. 역시 차가웠던 것이다. 경찰이 무언가 묻자, 아마도 괜찮냐고 묻자 소년은 비틀거리며 일어나 경찰의 부축을 받아 몇 걸음 옮기더니 보도블럭에 주저앉아 양손에 얼굴을 묻었다. 나는 그 장면을 보려고 돌아서 왔다. 가던 걸음을 멈추고 뒤로 돌아서기로 결정하던 순간의 기분이 떠올랐다. 이만큼이나 살았는데도 한 번도 본 적 없는 장면은 또 보고 싶어서 그게 새롭다고 생각되어서 걸음을 돌린 것이다. 다른 사람의 불행을 보고 싶어서 그게 새로운 것이어서 자극이 되어서 삶에 활력이 되어줄까 봐 그랬다. 넘어진 소년에게 미안한 마음이 들어서 얼른 걸음을 돌렸다. 너무 오래 살았다는 기분이 든다.

홍미가 양지에 대해 알 수 있는 방법은 결국 일기밖에 없었다. 그러니까 홍미는 양지에 대해 아주 쉽게 알 수 있는 기본적인 정보들에 대해서는 전혀 알지 못하게 될 확률이 컸다. 일기에 써 있는 문장들을 토대로 짐작할 따름이다. 그 짐작이 옳은지 틀린지에 대해서 가려줄 수 있는 사람은 홍미가 아는 한 지구상에 남아 있지 않다. 공씨가 홍미를 찾아오기 전까지는 그렇게 생각했다.

공씨가 홍미를 찾고 있다는 연락을 받았을 때 홍미는 깜짝 놀랐다. 은연중에 어쩌면 공씨는 존재하지 않는 사람이라고 생각했던 것이다. 구체적인 이유는 없었다. 그 역시 짐작이었다. 하지만 공씨는 실존하는 사람이었다. 홍미를 찾아와서 자신이 양지의 생애 마지막 몇 년 동안 가깝게 지냈다고 말했다. 공씨는 홍미에게 양지의 일기를 돌려달라고 말했다. 그 일기가 큰 금전적 가치가 있는 것이 아니었기 때문에 공씨는 당연히 홍미가 그 일기를 가지지 않을 것이라고 생각했다. 하지만 가져가겠다고 연락이 왔다는 것을 공무원으로부터 전해 듣고는 어쩌면 그 아이도 자신의 할머니에 대해서 조금이라도 알고 싶은 건지도 모른다는 생각을 했고 그래서 일기를 읽어볼 시간을 주고 싶었다고 말했다. 하지만 공씨도 그 일기에 무엇이 쓰여 있는지가 궁금해서 참을 수 없기 때문에 이제는 그 일기를 읽어야겠다고 했다. 홍미는 무슨 대답을 해야 좋을지를 몰랐다. 일기는 이미 없었기 때문이다. 일기는 이미 모두 세단해버린 뒤였다. 그걸 중요하게 여길 사람이 있으리라고는, 더욱이나 양지가 그토록 죽었으면 했던 사람인 공씨가 그것을 바랐으리라고는 상상도 못 했다.

"그거 제가 버렸어요."

무슨 권리로 그걸 다 버렸냐는 듯 공씨는 어이가 없다는 표정이었다. 그걸 가진 지 아직 일주일도 안 됐으면서 어떻게 그걸 버릴 수가 있냐는 표정이었다. 아직 그걸 다 읽어보지도 못했을 것 같은데. 읽었다고 해도 그게 뭘 말하고 있는지 다 헤아리지도 못했을 시간인데. 아직 할머니를 애도해야 할 기간이 아니냐고 묻고 싶은 듯했다.

"아직 남아 있을 수도 있긴 한데요."

홍미는 공씨와 함께 사무실로 갔다. 월요일에 버리자고 봉지에 넣어 묶어두었으니 아직은 그대로 있을 것이다.

누군가 사무실에 나와 있을지도 모른다고 생각했지만 일요일 낮의 사무실은 조용했다. 일주일에 한 번, 이 시간엔 늘 사람이 찾은 적이 없다는 듯 아주 적막했다. 공간도 그 적막의 패턴을 몸에 익힌 것 같았다. 홍미는 월요일에 버리려고 한쪽에 모아놓은 재활용 쓰레기들 중에서 가장 큰 봉지를 가져왔다. 세단기를 통과해 아주 가늘게 조각난 종이들이었다. 다행히도 그중에서 누런 것들만이 양지가 쓴 것이었다. 아주 흰 것들 사이에서 양지의 일기는 쉽게 표가 났다. 분량이 제법 됐다.

공씨는 별다른 표정 없이 그 종잇조각들을 보다가 누런 것을 가려내려는 홍미를 만류했다.

"됐어요. 그만해요. 이만큼만 가져갈게요."

그러고는 봉지 속에 손을 넣어 누런 종잇조각 한 움큼을 꺼냈다. 검은 볼펜으로 휘갈겨 쓴 양지의 글씨가 조각조각 보였다.

*모나카 타코야키 앳된 입김*

“홍미 씨도 필요한 만큼 가져가세요.”

공씨는 양손에 한 움큼씩 쥐고는 그것을 주머니에 쑤셔 넣었다. 그러고는 홍미에게도 권했다. 홍미는 애초에 그것이 필요하다고 생각한 적이 없었고 여전히 그게 필요하지는 않았지만 공씨의 말 때문에, 당연히 필요할 거라는 듯, 필요한 만큼 가져가라는 부드러운 권유 때문에 자신도 모르게 한 주먹을 꺼내 가방에 넣고 말았다.

공씨와는 사무실을 나와서 바로 헤어졌다. 홍미가 이쪽 방향으로 가야 한다고 말하자 공씨는 반대쪽을 가리켰다. 어쩌면 홍미가 어디를 가리켜도 공씨는 그 반대쪽으로 향했을지도 모른다. 홍미는 무심코 걷다가 돌아서서 공씨가 간 방향으로 달려갔다.

늘 뒤늦게 판단하고 실행에 옮기는 자신을 자책하면서. 다행히 공씨는 아주 멀리 가지는 않았다.

"잠깐, 잠깐만 더 이야기할 수 있을까요."

홍미가 숨을 헐떡이며 묻자 공씨는 근처 카페로 가자고 홍미를 이끌었다.

❖

"저를 만난 이야기가 많이 있었다고요. 그렇다면 그걸 일기라고 해야 할지……. 사실 저는 한 번도 할머니를 보러 간 적이 없어요. 만난 적이 없어요. 할머니와는 가끔 전화 통화를 했는데요. 독거노인들을 위한 자원봉사 프로그램이었어요. 저는 매일 오후에 전화했어요. 제가 마트에서 캐셔로 일했는데 그 봉사를 시작하기로 한 건 마트

사장 때문이었어요. 직원들이 좋은 일을 하고 있다는 걸 내세우고 싶었던가 봐요. 모여서 사진 한번 찍고 지역신문에 실리면 어차피 마트 이름으로 나가니까 생색은 사장이 내는 거죠. 뭐 크게 불만은 없었어요. 이 근방에서 그만한 일자리를 구하기가 쉽지는 않았거든요. 일하는 시간이 딱 정해져 있고 4대보험도 되고요. 파트타임으로도 일할 수가 있으니까 집안일하는 데에도 크게 지장이 없죠.

오후 1시에 퇴근하고 점심을 먹으면서나 집에 가는 길에 전화를 걸었죠. 점심은 드셨냐, 몸은 좀 괜찮냐, 오늘 날씨가 좋은데 근처 산보라도 다녀오시라, 물리치료는 받고 계시냐, 부족한 건 없냐, 그런 이야기들이었어요. 매뉴얼이 있었어요. 애초에 독거노인들의 건강이나 생활을 관리하려는 거라서 그것들을 잘 이행해야 했어요. 근데 뭐 전화로 정확히 알 수가 있나요. 다 형식적인 거지. 방문하는 사람도 따로 있는 것 같긴 했어요.

할머니도 점점 마음을 여는 것 같다고 생각한 건 맨날 제가 묻는 말에 그렇다 아니다 대답만 하시던 분이 저한테 처음 질문을 했을 때였어요. 제가 몇 번이나 전화를 할 때마다 제 이름을 말했는데 그걸 다 잊으셨는지 이름이 뭐냐고 물으시더라고요. 그래서 공순옥입니다, 하니까 그래, 공씨군요, 하더군요. 저에게 어디 사는지도 묻고 하는 일이 있는지도 묻고 전화비는 누가 내는지도 물었어요. 그래서 그런 건 다 나라에서 대주니까 걱정 말라고 했는데 그게 좀 섭섭하셨나 보더라고요. 결국 나랏돈으로 하는 사업이구나, 이것도, 그런 마음 때문에 그랬던 것 같아요. 그러니까 그런 일이 아니면 제가 전화를 걸 일이 없다고 생각하신 거지요. 그게 사실이기도 했고요.

하루는 오늘 뭐 하셨느냐고 물으니까 일기를 썼다 하더라고요. 일기도 쓰세요? 하고 물으니까 몇 년 전부터 소일 삼아 쓰기 시작했대요. 제 얘기도 썼다면서 웃었어요. 아마 처음이었을 거예요. 할머니가 웃는 소리를 들은 건. 그래서 괜히 더 졸랐어요. 제 얘기 뭐 쓰셨는데요, 언제 보여주실 건데요, 하고요. 대답은 없이 계속 웃으시더라고요. 그렇게 순박하게 웃는 소리를 들으면 기분이 좋아져요. 때 묻지 않은 사람이 웃는 거요. 나이 먹다 보니 순수하다는 말이 마냥 좋게는 들리지 않지만. 아가씨도 그렇게 생각하지 않아요? 누가 요즘 세상에 순수하게 살 수가 있어요. 그건 아직 안 태어난 사람이나

가능하죠. 근데 가끔 노인네들은 그게 가능하다 싶더라고요. 이상하죠. 오히려 산전수전 다 겪은, 말하자면 때가 탈 만큼 다 탄 사람들인데, 가끔 순수하게 느껴지는 사람들이 있어요. 늙을수록 애 같아진다는 말이 그런 건가 싶더라고요.

그 뒤로는 전화할 때마다 일기 이야기를 했죠. 오늘은 쓸 게 없어, 하면 제가 이런 일은 어때요, 하고 저한테 있었던 일들을 이야기해주기도 하고요. 그러면서 저도 할머니랑 통화하는 게 더 좋았어요. 잊고 살았는데, 저한테 있었던 일을 남한테 이야기하는 게 참 기분 좋은 일이더라고요. 누가 그걸 들어준다는 게, 듣고 반응하고 웃어주고 맞장구쳐준다는 게 그게 그렇게 참 좋은 일이더라고요. 다들 먹고살기 바쁘고 어려우니까 나 어려운 얘길 어디 가서 못하잖아요. 그런데 양지 할머니한테는 다 했죠. 할머니도 다 들어주고 고생이 많다고 그래도 잘 살고 있다고, 그 어려운 중에 짬을 내서 자기한테 이렇게 전화까지 해주니 이만큼 고마운 일이 어딨냐고 그런 얘기를 했었어요. 제가 그날 아마 울었던 것 같네요. 누가 저 같은 사람한테 잘 살고 있다고 말해주고 고맙다고 인사를 하겠어요? 저도 저 스스로를 그렇게 생각을 안 하는데요.

그러다가 제가 잠깐 여행을 다녀왔어요. 2박 3일로. 그래서 전화를 못 드린다고 이야기를 하고 갔었죠. 돌아오면 연락을 하겠다 했는데 그게 참 이상해요. 몇 달 동안 계속 전화를 하다가 딱 사흘 못 했을 뿐인데 돌아와서 전화를 하려고 보니까 귀찮았어요. 솔직히 그때의 심정을 어떻게 말해야 좋을지는 잘 모르겠어요. 귀찮다기보다 제

일이 아닌 것 같았고 아니 좀 쉬고 싶었고.
제가 전화를 안 해도 될 것 같았어요. 어쩌면
그때 제 주변의 일들이 다 잘 풀려서 정신이
없었기 때문인지도 모르겠네요. 남편이
승진하고 애들도 취업하고 별 힘든 게
없었어요. 갑자기 그렇게 잘 풀리더라고요.
마트에서는 기계를 들이면서 캐셔 자리를
줄여서 저는 일을 그만두기로 했죠. 봉사도
그만두겠다고 하니까 센터에서도 알겠다고
양지 할머니에게는 다른 봉사자를 붙여준다고
하더라고요.

그래도 그 뒤로도 아주 가끔씩 전화했어요.
이미 봉사나 그런 게 아니라 친근한 사이가 되어
있었으니까요. 저에 대해 잘 아는 사람이었고
저도 할머니에 대해 잘 안다고 생각했으니까요.
그런데 센터에 나가서 봉사자들끼리
이런저런 이야기를 하다가 할머니가 저에게

해준 이야기가 다 거짓말이라는 걸 알게 되었어요. 저한테는 미국에 사는 딸이 있다고 했거든요. 그런데 아들뿐이었다면서요. 일찍 죽었다고. 아, 미안해요. 하지만 저는 속은 기분이었어요. 다 거짓말이더라고요. 나는 진짜 내 속이야기를 들려줬는데. 그게 너무 서운했어요. 할머니는 왜 나한테 거짓말을 했을까요? 진짜 이야기는 별로 재미가 없을 것 같아서? 별의별 생각을 다 해봤죠. 노인이 치매라도 앓았나? 이리저리 생각해봐도 할머니가 나한테 거짓말을 했다는 게 용서가 안 됐어요. 나를 가까운 사람이라고 생각 안 했구나 싶었거든요. 내가 생각한 만큼 나를 생각하지 않았구나 싶었거든요. 그건 너무 자존심 상하는 일이었어요. 자존심 상했다고 말해도 될지 모르겠네요. 하지만 정말로. 그 때문이었어요. 완전히 연락을 끊은 건.

그러고 얼마 뒤에 돌아가셨다는 이야기를 들었어요. 처음에는 슬펐다가 자살하셨다는 이야기를 듣고는 무서웠어요. 내 책임인 것 같아서요. 괜히 사람한테 마음을 줬다, 그렇게 후회하고 말았죠. 나중에는 그런 생각들을 했다는 걸로 또 자책했죠. 아직도 그래요. 할머니가 원망스럽고 그런 제가 싫고. 일기를 읽어보고 싶은 것도 그 때문이었어요. 유서는 없었다면서요. 일기가 잔뜩 쌓여 있었다고. 무슨 이야기를 썼을지 궁금했으니까요. 제 이야기가 있을지도 궁금했고 그런데 정말 있다고 하니까 뭐라고 썼을지도 궁금했고. 그런데 그 일기에 쓴 내용도 다 거짓말인 모양이죠."

일기는 전부 가짜였다. 사실이 써 있는 것이 아니었다. 이제 와서 이런 걸 듣겠다는 이유는 민석의 말대로 홍미가 매사 오버하는 사람이어서일까.

"일기는 안 읽어본 게 차라리 나을지도 몰라요. 공씨라는 사람에 대해 쓴 내용이 많지만 사실이 아닌 것 같거든요."

"그냥 할머니의 놀이가 아니었을까 싶네요."

공씨는 그렇게 결론 내린 듯했다. 할 일이 없고 외롭던 할머니가 소일 삼아 일기를 썼다고. 어쩌면 공씨가 진짜 자기를 찾아오기를 바라서 썼는지도 모른다. 맨날 전화 통화만 할 뿐 영영 찾아오지는 않는 공씨가 내심 섭섭했는지도 모른다.

"그리고 저는 이걸로 다 떨쳐버릴 거예요. 못 읽게 된 게 차라리 다행인지도 모르겠네요. 아가씨 말대로 어차피 다 거짓말이라니까."

"그걸 어쩔 건데요?"

"글쎄요. 내킬 때 그냥 옥상에 갖고

올라가서 태워버리든가."

"그거 불법이에요."

"뭐라고요?"

"옥상에서 뭘 태우는 건 불법이라고요."

홍미의 말에 공씨는 웃었다.

"그게 중요해요, 지금?"

홍미가 공씨와 헤어지고 집으로 돌아가는 길에는 잔비가 부슬부슬 내렸다. 홍미는 집 근처 편의점 앞에서 또래 남자애 둘이 서서 비를 맞으며 담배를 피우고 있는 것을 보았다. 어쩐지 낯익은 얼굴 같아서 흘깃흘깃 보다가 눈이 마주쳤다. 이쯤 비는 아무것도 아니니까. 뿔테 안경 너머의 눈빛이 흰 담배연기가 뒤섞인 입김을 내뱉으며 그렇게 말하는 듯했다. 홍미도 새 우산을 살 정도는 아니라고 생각하고 걸음을 재촉했다. 정신없이 달려가다가 빽빽이 빌라가 들어선

골목 틈새로 눈길이 간 것은 우중충한 날씨 모두를 압도하는 극적인 환함 때문이었다. 검은 아스팔트 위로 샛노란 은행잎들이 촘촘히 깔려 눈이 부셨다. 눈이 너무 부셔서, 어두운 날인데도 그토록 환한 것이 얼떨떨해서, 거기서 어떤 빛이라도 쏟아져 나오고 있는 것 같아서, 그 장면이 너무 뜻밖이고 실은 자연스러운 것인데 어떻게 해도 이해가 안 가서, 이렇게 눈이 부실 수 있다는 것에 마음을 다 빼앗겨서 홍미는 그 장면을 너무 사랑하고 말았다. 그래서 길을 막고 한참이나 거기에 서 있었다. 은행나무와 그 바닥에 떨어진 샛노란 은행잎들을 한참 보았다. 누가 나타나서 어디 불편하세요? 하고 묻기 전까지 서 있었다. 홍미는 그 빛을 보느라 자신이 멀뚱히 서 있다는 것도 알지 못했기 때문에 깜짝 놀랐다. 자신을 걱정하는 얼굴을 돌아보며 괜찮다고 말한 다음에 다시 은행나무를 돌아봤더니 처음 마주쳤을 때만큼 사랑스럽지는 않았다. 빛은 시시각각 바래고 있었다. 어차피 이제 곧 시들어 썩어 없어질 빛이다. 홍미는 조금 더 거기에 서서 남은 빛을 보았다. 빛이 완전히 사라지기 전까지 거기 그대로 서 있고 싶었지만 무릎이 너무 시렸다. 나는 왜 서둘러 늙어버렸을까. 아직도 미처 써보지도 못한 새날들이 너무 많은데. 홍미는 빨리 집으로 돌아가고만 싶었다.

❖

*감이 익어간다. 햇살이 좋은 날에는 그만큼 더 잘 익는다. 감이 익어가고 아주 잘 익은 감은 어느 날 툭 떨어진다. 조금만 덜 익었으면. 조금만 느리게 익었으면. 한창때의 감을 알맞게*

*수확하기란 내게 쉬운 일이 아니다.*

❖

“다 가짜였다고?”

민석은 이해할 수 없다는 듯했다. 홍미도 그렇게 생각했으므로 별달리 할 말은 없었다. 일기장의 모든 것이 거짓인지는 알 수 없지만 일부는 분명 가짜였다.

“희망 사항을 쓴 걸까? 누가 다녀갔으면 좋겠다고. 일어날 일들을 미리 연습해본 거지.”

“모르겠어. 이젠 더 알 길도 없고.”

“집은 어떻게 됐어?”

민석은 죽은 사람에 대한 문제보다는 산 사람의 문제에 대해 이야기해봐야 하지 않겠느냐고 했다.

"집주인이 빚이 많나 봐."

"되게 태평하게 얘기한다?"

"인터넷에 물어보니까 내가 못 받을 수는 없대. 소송을 걸면 내가 무조건 이기고 소송비용도 주인이 내야 되니까 소송 걸기 전에 아마 다 줄 거래. 그렇게 법으로 정해져 있대."

"너무 법 믿지 마. 법 없이 사는 사람도 많아."

홍미는 잠깐 헷갈렸다. 법 없이도 산다는 건 착한 사람들을 두고 하는 말이 아니었나.

"법 같은 건 상관없이 산다고. 배 째라 하고 산다고."

"그런 뜻이었어?"

"다 우리 같은 게 아니라고."

경계 밖으로 떨어져나갈까 두려워 벌벌 떠는 사람들이 아니라고 민석은 말했다.

"어떻게 그럴 수가 있을까?"

"가진 게 많아서 그래. 법 같은 거에 안 기대도 법이 뭘 좀 뜯어간다고 해도 다른 걸로 살 수 있으니까."

홍미는 제도가 양지에게 맺어줬던 공씨라는 사람을 떠올렸다. 양지는 법에 기대지 않고는 관계도 맺을 수 없는 사람이었다. 왜 홍미를 찾아보지는 않았을까. 훨씬 더 강한 법으로 묶여 있는 사이였고 찾으려고 하면 못 찾을 것도 없었을 텐데. 아마 홍미가 원하지 않을 것이라 믿었을 것이다. 차라리 먼 타국에 있다고 말해버리는 것이 좋았는지도 모른다.

홍미는 양지의 삶을 측은하게 생각했다. 그렇게 외롭게 살다가 가버렸다니. 하지만 홍미가 짐작할 수 있는 건 마지막 몇 년뿐이었고 한창때의 양지가 어떤 삶을 살았는지는 전혀 몰랐다. 그래도 좋은 시간을 지나쳐서 안 좋은 결말에 이르는 건 드물 테니까 한창때도 상당히 불운하지 않았을까 따져볼 따름이었다. 아들과도 절연하고 혼자 살았으니까. 그리고 자신의 결말에 대해서도 따져보았다. 이대로 살다가는 양지처럼 혼자 죽는다고 해도 전혀 이상하지 않았다.

"민석아, 나랑 결혼할래?"

"안 돼."

"왜, 전엔 하자며."

"생각해봤는데 그래도 친구가 한 명은 결혼식에 와야 할 것 같아서. 너 말고는 친구가 없거든."

"아, 나도 그래."

"그럼 너 내 결혼식에 와줄 거지?"

"언제 하는데."

"모르지."

"하긴 해?"

"그것도 모르지."

"이러다 혼자 죽으면 어떡하지?"

"매일 일기를 쓰자."

"그게 무슨 도움이 돼?"

"덜 심심하겠지."

다행히도 홍미는 심심해할 겨를도 없이 사느라 바빴다. 해야 할 일은 줄어들지 않았고 하지 않아도 될 일까지 홍미가 해야 할 때가 많았다. 다른 직원의 개인적인 심부름까지 해야 할 때는 그만두고 싶었지만 그때는 또 갈 만한 데가 많지 않다는 것을 계속 떠올렸다. 경식은 계속 추근댔고 이제는 홍미도 웃는 일은 관뒀다. 무표정하게 아무 대꾸도 않고 있다가 언젠가 한번은 사장님, 심심해서 그러세요? 하고 물어보았다. 그 질문에 경식도 입을 다물었다.

얼마 뒤에 경식은 조용히 홍미를 불러서 회사 형편이 좋지 않아 인원 감축이 필요하다며 그만두었으면 한다고 말했다. 그 말에 심장이 철렁 내려앉는 기분이었지만 내색하지 않고 알겠다고 말하고 회사를 나왔다. 제가 뭘 잘못했어요? 묻고도 싶었지만 회사 사정이 어렵다니 어쩔 수 없는 일인지도 몰랐다. 자기가 잘못한 건 아무것도 없었고 심심해서 그러느냐고 물어본 일 정도로 사람을 자른다는 건 너무 간이 작은 치졸한 인간이나 할 법한 짓이었기 때문이었다. 홍미는 이달 말까지만, 올해까지만 일하기로 했다. 부당해고, 권고사직, 실업급여 같은 것들을 잔뜩 검색해본 다음에 홍미는 실업급여를 받으며 컴퓨터 학원에 다니기로 결심했다. 혹시나 해서 채용 사이트에 들어가 갈 수 있을 만한 일자리를 검색하다가 다녔던 회사에서 올린 구인 글을 보았다. 그건 분명 홍미가 있던 자리였다.

홍미는 그날 밤 사무실에 갔다. 세단함에는 세단된 새하얀 종이들이 또 잔뜩 있었고 홍미는 그걸 사장실 곳곳에 마구 뿌렸다. 한참을 뿌려도 성에 차지 않아서 아무 종이나 더 세단기에 밀어 넣어 종잇조각으로 만든 다음에 여기저기 뿌려놓고 나왔다. 더 나쁜 짓을 하고 싶었는데 더 나쁜 짓은 떠오르지 않았다. 이 정도면 법에 위반되는 건 아니겠지. 종잇조각을 뿌리면서도 머릿속에는 그런 생각이 떠올랐다. 다음 날 출근했을 때 경식이 깜짝 놀란 얼굴을 하면 홍미는 모른 척할 것이다. 그래도 경식은 누구의 짓인지를 금방 알아차리고 홍미에게 당장 나가라고 소리칠지도 몰랐다. 만약 정말 그렇게 소리친다면 그렇게 하면 된다. 홍미는 아주 오랜만에 마음이 편했다. 일을 그르쳐도 된다고, 큰일이 일어나지 않는다고 생각하는 것만으로도 이렇게 마음이 편해질지는 몰랐다. 혼자 죽는 것도 괜찮다. 그렇게까지 생각했다. 매일매일의 삶을 살다가 혼자 죽게 된다면 그건 어쩔 수 없는 일이다. 겨우 그 정도로 삶 전체를 쓸쓸하게 여기지 않을 것이다.

집으로 돌아온 홍미는 자신이 한 움큼 집어 온 종잇조각을 좌식 책상 위에 펼쳐놓았다. 그중에는 무슨 글자인지를 통 알아볼 수 없는 것이 있었고 잘 아는 글자도 몇 있었다. 홍미는 자신이 가진 종잇조각 몇 개를 끼워 맞춰 다음과 같은 문장을 만들어낼 수 있었다.

*한창때*

*달의 빛은*

*공짜다*

홍미는 그것을 자신의 수첩에 잘 끼워두었다. 할머니로부터 물려받기로 한 것은 그게 전부였다.

밤 12시가 지났을 때 홍미는 민석에게 메시지를 보냈다.

— 해피 뉴 이어!

— 정신 차려! 아직 하루 남았어

— 알아. 그냥 연습 삼아

— 뭘 연습하는데

— 새해를

— 새해를 왜 연습해

— 그럼 새해 인사를

— 그니까 그런 걸 왜 연습하냐고

홍미는 대화 창을 켜놓은 채 뭐라고 쓸까 고민했지만 적당한 답이 떠오르지 않아 망설였다. 홍미는 밤 10시쯤 일찌감치 잠들었다가 깨서 자정이 넘은 것을 확인하고 문득 누구에게라도 새해 인사 메시지를 보내보고 싶다는 생각을 했다. 아직 하루가 더 남았다는 걸 알면서도 그랬다. 이번 새해는 아주 잘 살아보고 싶기 때문이라고, 그 첫날에 좋아하는 친구와 인사를 나누고 싶고 그걸 미리 연습 삼아 해보고 싶었다고 말할까 하다가 말았다.

— 그럼 고민석의 명복을 빕니다.

— 불길하게 무슨 소리야!

— 이것도 연습 삼아

— 그럼 나도 임홍미의 명복을 빕니다.

— 감사합니다.

— 네, 감사합니다.

— 그럼 이만.

— 이만.

## 작가의 말

이 소설은 어느 자리에선가 "너는 왜 이렇게 늙어 있냐?"라는 말을 들은 데서부터 출발했다. 그 말을 듣고 처음 든 생각은 '니가 뭘 알아'였고(실제로 몇 번 보지 않은 사이였다), 조금 생각을 해본 다음에도 역시나 이 사람은 나에 대해 제대로 알지 못한다는 결론을 내렸다. 나는 아주 철딱서니가 없는 사람이기 때문에 그 사람의 말은 사실과 다르다고 믿었다. 하지만 한편으로는 뼛속 깊이 간파당한 것 같은 기분이 들기도 해서

며칠 내내 울적했다. 잘 알지도 못하는 사람이 나를 알아보았다는 생각 때문이기도, 그러니까 어쩌면 그 사람의 말이 맞을지도 모른다는 생각 때문이기도 했다. 뒤이어 아주 늙어버린 여자와 아직 늙지 않았지만 서둘러 늙어버린 여자아이가 떠올랐다. 둘 다 나와는 조금씩 거리가 있는 사람들이었지만 나의 과거 같기도, 미래 같기도 했다. 두 사람의 이야기를 써보면 좋겠다는 생각이 들었다. 하지만 두 사람이 만나는 장면은 잘 그려지지 않았다. 그래서 만나지 않는 쪽의 이야기를 선택했다. 어떤 물건이 한쪽에서 다른 한쪽으로 전달된다면 만나지 않는 두 사람의 이야기라도 한 소설에 담아볼 수 있을 것 같았다. 그게 일기일 수도 있을 것 같았다. 하지만 그 일기를 모두 신뢰할 수는 없었고, 어쩌면 일기에 써 있는 모든 내용이 사실이 아닐 수도 있다는 쪽으로 밀고 가도 좋을 것 같았다. 끝내 아무것도 알아내지 못한다고 해도.

누군가 요즘 어떻게 지내느냐고 물으면 매일이 일종의 연습으로 가득 채워져 있다는 생각부터 한다. 쓰고 버려지는 습작들을 떠올려서만은 아니다. 매 순간 하는 일들이, 처음 만나는 사람과의 인사나 오래전 연락이 끊긴 사람과의 안부 인사도, 평생 안 하던 짓을 해보는 것이나 하던 짓을 그만두는 것이나, 살면서 갈 일 없을 거라고 생각했던 장소에 가보는 것도, 일일이 열거할 수 없는 그 모든 것이 실전이면서 또한 연습이기도 하다는 것을, 수많은 좌절을 겪으며 새삼 깨닫고 있다. 좌절할 것이 남아 있어서 다행이라고도 생각했다. 내가 여전히 무언가를 기대하고 마음 상해하기도 한다는 것이, 역시나 오래전 그 사람이 나에 대해 한 말은 틀렸다는 증거 같았다. 그러니까 이 소설은 계속 더 오래 연습할 수 있었으면 좋겠다고 생각하면서 쓴 것 같다. 실패로 끝난다 해도 그게 완전한 절망은 아닐 거라는 마음에서. 그토록 속아놓고도 다시 또 기대에 차 '해피 뉴 이어'라고 말하는 입 모양을 떠올리면서.

2024년 겨울

김지연

# 김지연 작가 인터뷰

**Q.** 《새해 연습》은 '홍미'의 할머니 '양지'의 일기로 시작되어요. 일기는 쓰는 것도, 남의 일기를 읽는 것도 양쪽 다 흥미롭게 여겨집니다. 홍미의 말처럼 "아무래도 누가 보는 건 남사스러운 일"(23쪽)이어서일까요? 다른 사람에게 보여지기에는 조금 부끄러운 일을 쓰거나, 누군가 그렇게 부끄러워하며 쓴 글을 읽는다는 건 굉장히 조심스럽고 비밀스럽게 느껴져요.

작가님도 일기를 쓰시나요? 작품 속 양지처럼 "18년 동안 하루도 거르지 않고 일기를"(7쪽) 쓰는 것은 아니어도 자주 쓰시는 편인지 궁금해요. 혹시 가장 최근에 쓴 일기를 한 줄 나눠주실 수 있을까요?

**A.** 요즘은 뜸하지만 예전에는 블로그에

종종 일기를 썼어요. 양지처럼 어떤 날은 한두 줄만 쓰고 어떤 날은 주절주절 길게 쓰기도 합니다. 지난 일기들을 살펴보니 이상하게 봄에 일기를 많이 쓰고 겨울에는 거의 쓰지 않는 것 같아요. 겨울을 지나고 봄이 오면 뭔가를 새로 해봐야겠다는 생각이 들기도 해서 그런 것 같기도 하고요. 정말 쓸데없는 일상에 대한 것들을 씁니다……. 최근 타코야키 굽기에 빠져 있어서 그에 관해 쓴 일기를 공유해봅니다.

2024년 ××월 ××일

타코야키의 킥은 가쓰오부시라고 생각했었다. 그도 아니라면 타코라고. 그도 아니면 마요네즈이려나. 근래 깨달은 바로 타코야키의 꽃은 타코야키 만드는 행위 그 자체에 있다. 그러니까 타코야키 상인들은 타코야키의 제일 좋은 부분을 본인이 하며 돈을 벌고 있는 것이다(라는 건 한 판 정도만 굽는 애송이의 생각이긴 하지만). 타코야키 팬을 산 뒤로 매일매일(그래봤자 3일째지만) 타코야키를 굽고 있는데 넘 재밌어서 내일의 타코야키를 미리 굽고 점심으로 타코야키를 먹고 저녁에 또 타코야키를 굽는 그런 3일을 보냈다.

**Q.** 홍미는 오랫동안 연락을 하지 않고 지낸 할머니 양지가 홀로 죽고 나서야 그의 존재를 알게 됩니다. 유일한 혈육이었던 홍미에게는 "구질구질한 세간"(7~8쪽)을 제외하고 18년 동안 쓴 일기장이 남겨지지요. 홍미는 양지의 일기를 읽기도 하고, 또 세단기에 버리기도 하면서 양지가 어떤 사람이었는지 조금씩 알게 되어요. 아는 듯싶다가도 양지의 일기가 거짓투성이라는 걸 깨닫고, 그 역시 일종의 '앎', 그러니까 양지가 어떤 거짓말을 하는 사람인지 알게 되는 게 아닌가 했는데요.

저는 양지가 쓴 일기가 소설의 한 종류라는 생각도 들었어요. 자꾸 의심하며 읽다가도 어느샌가 양지가 이런 하루를 보냈구나 믿어버리며 읽기도 했고요. 그렇게 읽다 보면 일기 속에서 어느 부분이 거짓이고 어느 부분이 진실인가 구분하는 것이 무의미하게 느껴졌어요.

일기의 사전적 정의는 '날마다 그날그날 겪은 일이나 생각, 느낌 따위를 적는 개인의 기록'으로, 반드시 사실, 실제로 일어난 일을 적어야만 하는 것은 아니잖아요. 그런데 우리는 일기라고 하면 이 사람의 가장 내밀한 부분이나 솔직한 마음이 담겼으리라 쉽게 짐작하게 돼요. 그래서 아마 앞선 질문에서도 언급했듯 "아무래도 누가 보는 게 남사스러운 일"로 여겨지는 것 같고요. 어떤 거짓말을 하느냐가 이 사람이 어떤 사람인지 짐작하는 일로 연결될 수도 있겠습니다만, 그런 추측 역시 일기가 곧 쓰는 사람이라는 생각에서 비롯되는 것 같아요.

일기에는 정말 우리 영혼의 일부가 담겨 있는 걸까요? 그렇게 쓰고, 그렇게 읽는 것이

가능할까요? 죽기 전에 일기를 모두 없앨 수도 있었음에도 양지가 일기를 남긴 이유가 무엇인지 여쭐 수 있을까요?

**A.** 아주 오래전에 쓴 일기를 읽으면 이게 정말 내가 쓴 게 맞나 싶어질 때도 있어요. 그걸 쓴 사람과 그걸 읽는 나는 아주 다른 사람인 것처럼 느껴지고요. 하지만 둘 다 저일 것이고 어떤 의미에서는 둘 다 저와는 다른 사람일 것이고요. 거기에 어떤 의미가 담겨 있을까 고민해보기도 하지만 크게 의미가 있다고는 생각하지 않아요. 실은 저는 매사 뭔가에 의미가 있을 거라고 여기는 타입은 아닙니다. 돌아서면 까먹는 편이고 그래서 내가 쓴 일기도 잘 기억하지 못하는 건지도 모르겠습니다. 일기를 쓰는 것도 맘 놓고 까먹어버리기 위해서 일종의 흔적을 남기는

것이 아닐까 생각하기도 합니다.

이 소설은 어떤 외로운 사람에 대해 생각하다가 쓴 소설이기도 한데요. 어떤 날의 일기는 진짜일 수 있을 것이고 어떤 날의 일기는 공씨의 증언대로 완전히 허구입니다. 할머니의 소일거리일 수도 있고 소설이랄 수도 있을 것 같아요. 공씨가 한번쯤 찾아오길 기다리며 공씨가 찾아오면 어떤 이야기를 나눌지 그날에 대한 연습을 일기장에 써봤다고도 생각해보았습니다. 아니면 여가 생활이었을지도 모르고요. 블랑쇼의 말처럼 망각과 아무 할 말이 없다는 절망으로부터 자신을 보호하는 것이었을지도 모르겠습니다.

**Q.** 《새해 연습》이라는 제목의 의미에 대해서도 듣고 싶습니다. 홍미는 언제나 "올해를 부지런히 살아서 새해에는 다른 곳에 가 있는 것"(26쪽)을 목표로 해요. 지금은 "할 수 있는 일이 많지 않아 어쩔 수 없"지만 "새해에는 새 일을 시작할 거라며"(11쪽) 좋은 일이 생기기를 막연하게 기대하는 것은 자연스럽게 느껴집니다. 하지만 좋은 일이 생기기를 바란다는 것은 현재에 만족하지 못한다는 의미기도 하지요.

고등학교를 졸업한 후 줄곧 불안정한 일자리와 환경에서 살아온 홍미에게는 '만족하지 못한다'기보다는 '만족하기 어렵다'거나 '만족할 수 없다'는 말이 더 정확한 듯해요. 부모님이 이혼한 후 반자발적으로 혼자 살아가야 했던 홍미는 "법의 테두리 안에 있고 싶었다. 그것 말고는 자신을 지켜줄 의무를 가진 것이 아무것도 없었기 때문이다”(21~22쪽)라고 생각하며 어떤 잘못도 저지르지 않기 위해 노력하지만, 살고 있던 집이 가압류되고 회사를 나가게 되면서 이제는 법조차 믿기 어려운 상황에 처하지요.

그런 홍미가 공씨를 만나고 돌아가는 길에 환한 은행잎 더미를 보고 “나는 왜 서둘러 늙어버렸을까. 아직도 미처 써보지도 못한 새날들이 너무 많은데”(86쪽)라고 합니다. 그러고는 나쁜 짓을 하는 연습을 해요. “더 나쁜 짓을 하고 싶었는데 더 나쁜짓은 떠오르지 않”아(93쪽) 할 수 없었지만, 일을 그르치는 연습을 하는 것이지요. “자기 것이 아니었던 빛을 자기 것으로 만들어서 은은히 빛나고 있는”(57쪽) 달처럼, 그간 자기 것이 아니었다고 여겼던

길로 나아가려는 듯 보입니다.

다시 처음으로 돌아가 《새해 연습》이라는 제목의 의미와 함께, 민석의 대사 "새해를 왜 연습해" "그니까 그런 건 왜 연습하냐"(95~96쪽)는 질문에 대한 답을 작가님께 들어보고 싶어요.

**A.** 홍미는 뭔가를 잘해볼 의지가 충만한 사람인데 그런 기회가 많이 주어지지 않았다는 생각을 했어요. 그중 하나는 말씀해주신 것처럼 일을 그르치고 실패할 기회고요. 뭔가를 본격적으로 하기에 앞서 연습해볼 기회도 충분치 않았습니다. 그런 홍미에게 다가올 새해에는 사실 알 수 없는 시련들이 기다리고 있고요. 일을 그만뒀고 어렵게 보증금을 모아 계약한 집도 어떻게 될지 알 수 없는 상황입니다. 하지만 어떻게든

감당해내야 합니다. 미리 한번 겪어보면
진짜 마주할 때 더 잘할 수도 있잖아요.
홍미는 그런 희망과 불안을 모두 느끼면서
다가올 새해를 기다리며 조급해져 조금 일찍
말해보았다고 생각했습니다.

## 한 조각의 문학, 위픽 wefic

구병모 《파쇄》
이희주 《마유미》
윤자영 《할매 떡볶이 레시피》
박소연 《북적대지만 은밀하게》
김기창 《크리스마스이브의 방문객》
이종산 《블루마블》
곽재식 《우주 대전의 끝》
김동식 《백 명 버튼》
배예람 《물 밑에 계시리라》
이소호 《나의 미치광이 이웃》
오한기 《나의 즐거운 육아 일기》
조예은 《만조를 기다리며》
도진기 《애니》
박솔뫼 《극동의 여자 친구들》
정혜윤 《마음 편해지고 싶은 사람들을 위한 워크숍》
황모과 《10초는 영원히》
김희선 《삼척, 불멸》
최정화 《봇로스 리포트》
정해연 《모델》
정이담 《환생꽃》
문지혁 《크리스마스 캐러셀》
김목인 《마르셀 아코디언 클럽》
전건우 《앙심》
최양선 《그림자 나비》
이하진 《확률의 무덤》
은모든 《감미롭고 간절한》
이유리 《잠이 오나요》
심너울 《이런, 우리 엄마가 우주선을 유괴했어요》
최현숙 《창신동 여자》

연여름 《2학기 한정 도서부》
서미애 《나의 여자 친구》
김원영 《우리의 클라이밍》
정지돈 《현대적이라고 말할 수 없는 죽음들》
이서수 《첫사랑이 언니에게 남긴 것》
이경희 《매듭 정리》
송경아 《무지개나래 반려동물 납골당》
현호정 《삼색도》
김 현 《고유한 형태》
이민진 《무칭》
김이환 《더 나은 인간》
안 담 《소녀는 따로 자란다》
조현아 《밥줄광대놀음》
김효인 《새로고침》
전혜진 《고르디우스의 매듭을 자르면》
김청귤 《제습기 다이어트》
최의택 《논터널링》
김유담 《스페이스 M》
전삼혜 《나름에게 가는 길》
최진영 《오로라》
이혁진 《단단하고 녹슬지 않는》
강화길 《영희와 제임스》
이문영 《루카스》
현찬양 《인현왕후의 회빙환을 위하여》
차현지 《다다른 날들》
김성중 《두더지 인간》
김서해 《라비우와 링과》
임선우 《0000》
듀 나 《바리》
한유리 《불멸의 인절미》
한정현 《사랑과 연합 0장》
위수정 《칠면조가 숨어 있어》
천희란 《작가의 말》
정보라 《창문》
이주란 《그때는》
김보영 《헤픈 것이다》
이주혜 《중국 앵무새가 있는 방》

정대건 《부오니시모, 나폴리》
김희재 《화성과 창의의 시도》
단　요 《담장 너머 버베나》
문보영 《어떤 새의 이름을 아는 슬픈 너》
박서련 《몸몸》
금정연 《모두 일요일이야》
박이강 《잡 인터뷰》
김나현 《예감의 우주》
김화진 《개구리가 되고 싶어》
권김현영 《수신인도 발신인도 아닌 씨씨》
배명은 《계화의 여름》
이두온 《돈 안 쓰면 죽는 병》
김지연 《새해 연습》

위픽은 위즈덤하우스의 단편소설 시리즈입니다.
'단 한 편의 이야기'를 깊게 호흡하는
특별한 경험을 선사합니다.

이 작은 조각이 당신의 세계를 넓혀줄
새로운 한 조각이 되기를.
작은 조각 하나하나가 모여
당신의 이야기가 되기를.

당신의 가슴에 깊이 새겨질
한 조각의 문학, 위픽

wefic-79

# 새해 연습

**초판 1쇄 인쇄** 2024년 12월 18일
**초판 1쇄 발행** 2025년 1월 8일

**지은이** 김지연
**펴낸이** 최순영

**출판2 본부장** 박태근
**스토리 팀장** 김소연
**편집** 곽선희 김다인 김해지
**디자인** 이세호

**펴낸곳** ㈜위즈덤하우스 **출판등록** 2000년 5월 23일 제13-1071호
**주소** 서울특별시 마포구 양화로 19 합정오피스빌딩 17층
**전화** 02) 2179-5600 **홈페이지** www.wisdomhouse.co.kr



**ISBN** 979-11-7171-729-3 04810
979-11-6812-700-5 (세트)

**값** 13,000원